Fables
de La Fontaine

Jean de La Fontaine

Fables de La Fontaine

Illustrations de Frédéric Pillot

MILAN POCHE

Le Corbeau et le Renard

Maître Corbeau, sur un arbre perché,
Tenait en son bec un fromage.
Maître Renard, par l'odeur alléché,
Lui tint à peu près ce langage :
« Hé ! bonjour, Monsieur du Corbeau.
Que vous êtes joli ! que vous me semblez beau !
Sans mentir, si votre ramage
Se rapporte à votre plumage,
Vous êtes le phénix des hôtes de ces bois. »

À ces mots le corbeau ne se sent pas de joie ;
Et pour montrer sa belle voix,
Il ouvre un large bec, laisse tomber sa proie.
Le renard s'en saisit, et dit : « Mon bon Monsieur,
Apprenez que tout flatteur
Vit aux dépens de celui qui l'écoute :
Cette leçon vaut bien un fromage, sans doute. »
Le corbeau, honteux et confus,
Jura, mais un peu tard, qu'on ne l'y prendrait plus.

Le Loup et l'Agneau

La raison du plus fort est toujours la meilleure :
Nous l'allons montrer tout à l'heure.
Un agneau se désaltérait
Dans le courant d'une onde pure.
Un loup survient à jeun, qui cherchait aventure,
Et que la faim en ces lieux attirait.
« Qui te rend si hardi de troubler mon breuvage ?
Dit cet animal plein de rage.
Tu seras châtié de ta témérité.
– Sire, répond l'agneau, que Votre Majesté
Ne se mette pas en colère ;
Mais plutôt qu'elle considère
Que je me vas désaltérant
Dans le courant,
Plus de vingt pas au-dessous d'Elle ;
Et que par conséquent, en aucune façon,
Je ne puis troubler sa boisson.
– Tu la troubles, reprit cette bête cruelle ;
Et je sais que de moi tu médis l'an passé.
– Comment l'aurais-je fait si je n'étais pas né ?
Reprit l'agneau. Je tète encor ma mère.

– Si ce n’est toi, c’est donc ton frère.
– Je n’en ai point. – C’est donc quelqu’un des tiens ;
Car vous ne m’épargnez guère,
Vous, vos bergers, et vos chiens.
On me l’a dit : il faut que je me venge. »
Là-dessus, au fond des forêts
Le loup l’emporte, et puis le mange,
Sans autre forme de procès.

La grenouille qui veut se faire aussi grosse que le bœuf

Une grenouille vit un bœuf
Qui lui sembla de belle taille.
Elle, qui n'était pas grosse en tout comme un œuf,
Envieuse, s'étend, et s'enfle, et se travaille,
Pour égaler l'animal en grosseur,
Disant : « Regardez bien, ma sœur ;
Est-ce assez ? dites-moi ; n'y suis-je point encore ?
– Nenni. – M'y voici donc ? – Point du tout. – M'y voilà ?
– Vous n'en approchez point. » La chétive pécore
S'enfla si bien qu'elle creva.

Le monde est plein de gens qui ne sont pas plus sages :
Tout bourgeois veut bâtir comme les grands seigneurs,
Tout petit prince a des ambassadeurs,
Tout marquis veut avoir des pages.

Le Lièvre et la Tortue

Rien ne sert de courir ; il faut partir à point :
Le lièvre et la tortue en sont un témoignage.
« Gageons, dit celle-ci, que vous n'atteindrez point
Sitôt que moi ce but. – Sitôt ? Êtes-vous sage ?
Repartit l'animal léger.
Ma commère, il vous faut purger
Avec quatre grains d'ellébore.
– Sage ou non, je parie encore. »
Ainsi fut fait ; et de tous deux
On mit près du but les enjeux :
Savoir quoi, ce n'est pas l'affaire,
Ni de quel juge l'on convint.
Notre lièvre n'avait que quatre pas à faire ;
J'entends de ceux qu'il fait lorsque, près d'être atteint,
Il s'éloigne des chiens, les renvoie aux calendes,
Et leur fait arpenter les landes.
Ayant, dis-je, du temps de reste pour brouter,
Pour dormir, et pour écouter
D'où vient le vent, il laisse la tortue
Aller son train de sénateur.

Elle part, elle s'évertue,
Elle se hâte avec lenteur.
Lui cependant méprise une telle victoire,
Tient la gageure à peu de gloire,
Croit qu'il y va de son honneur
De partir tard. Il broute, il se repose,
Il s'amuse à toute autre chose
Qu'à la gageure. À la fin, quand il vit
Que l'autre touchait presque au bout de la carrière,
Il partit comme un trait ; mais les élans qu'il fit
Furent vains : la tortue arriva la première.
« Eh bien ! lui cria-t-elle, avais-je pas raison ?
De quoi vous sert votre vitesse ?
Moi l'emporter ! et que serait-ce
Si vous portiez une maison ? »

La Cigale et la Fourmi

La cigale, ayant chanté
Tout l'été,
Se trouva fort dépourvue
Quand la bise fut venue :
Pas un seul petit morceau
De mouche ou de vermisseau.
Elle alla crier famine
Chez la fourmi sa voisine,
La priant de lui prêter
Quelque grain pour subsister
Jusqu'à la saison nouvelle.
« Je vous paierai, lui dit-elle,
Avant l'août, foi d'animal,
Intérêt et principal. »
La fourmi n'est pas prêteuse :
C'est là son moindre défaut.
« Que faisiez-vous au temps chaud ?
Dit-elle à cette emprunteuse.
– Nuit et jour à tout venant
Je chantais, ne vous déplaise.
– Vous chantiez ? j'en suis fort aise :
Eh bien ! dansez maintenant. »

La Laitière et le Pot au lait

Perrette, sur sa tête ayant un pot au lait
Bien posé sur un coussinet,
Prétendait arriver sans encombre à la ville.
Légère et court vêtue, elle allait à grands pas,
Ayant mis ce jour-là, pour être plus agile,
Cotillon simple et souliers plats.
Notre laitière ainsi troussée
Comptait déjà dans sa pensée
Tout le prix de son lait, en employait l'argent ;
Achetait un cent d'œufs, faisait triple couvée ;
La chose allait à bien par son soin diligent.
« Il m'est, disait-elle, facile
D'élever des poulets autour de ma maison ;
Le renard sera bien habile
S'il ne m'en laisse assez pour avoir un cochon.
Le porc à s'engraisser coûtera peu de son ;
Il était, quand je l'eus, de grosseur raisonnable :
J'aurai, le revendant, de l'argent bel et bon.
Et qui m'empêchera de mettre en notre étable,
Vu le prix dont il est, une vache et son veau,
Que je verrai sauter au milieu du troupeau ? »

Perrette là-dessus saute aussi, transportée :
Le lait tombe ; adieu veau, vache, cochon, couvée.
La dame de ces biens, quittant d'un œil marri
Sa fortune ainsi répandue,
Va s'excuser à son mari,
En grand danger d'être battue.
Le récit en farce en fut fait ;
On l'appela le *Pot au lait*.

Quel esprit ne bat la campagne ?
Qui ne fait châteaux en Espagne ?
Picrochole, Pyrrhus, la laitière, enfin tous,
Autant les sages que les fous.
Chacun songe en veillant ; il n'est rien de plus doux :
Une flatteuse erreur emporte alors nos âmes ;
Tout le bien du monde est à nous,
Tous les honneurs, toutes les femmes.
Quand je suis seul, je fais au plus brave un défi :
Je m'écarte, je vais détrôner le sophi ;
On m'élit roi, mon peuple m'aime ;
Les diadèmes vont sur ma tête pleuvant ;
Quelque accident fait-il que je rentre en moi-même,
Je suis Gros-Jean comme devant.

Le Lion devenu vieux

Le lion, terreur des forêts,
Chargé d'ans et pleurant son antique prouesse,
Fut enfin attaqué par ses propres sujets,
Devenus forts par sa faiblesse.
Le cheval s'approchant lui donne un coup de pied;
Le loup, un coup de dent; le bœuf, un coup de corne.
Le malheureux lion, languissant, triste et morne,
Peut à peine rugir, par l'âge estropié.
Il attend son destin, sans faire aucunes plaintes;
Quand voyant l'âne même à son antre accourir :
« Ah ! c'est trop, lui dit-il : je voulais bien mourir;
Mais c'est mourir deux fois que souffrir tes atteintes. »

Le Loup et le Chien

Un loup n'avait que les os et la peau,
Tant les chiens faisaient bonne garde.
Ce loup rencontre un dogue aussi puissant que beau,
Gras, poli, qui s'était fourvoyé par mégarde.
L'attaquer, le mettre en quartiers,
Sire Loup l'eût fait volontiers ;
Mais il fallait livrer bataille,
Et le mâtin était de taille
À se défendre hardiment.
Le loup donc l'aborde humblement,
Entre en propos, et lui fait compliment
Sur son embonpoint, qu'il admire.

« Il ne tiendra qu'à vous, beau sire,
D'être aussi gras que moi, lui repartit le chien.
Quittez les bois, vous ferez bien :
Vos pareils y sont misérables,
Cancres, hères, et pauvres diables,
Dont la condition est de mourir de faim.
Car quoi ? rien d'assuré : point de franche lippée ;
Tout à la pointe de l'épée !
Suivez-moi : vous aurez un bien meilleur destin. »
Le loup reprit : « Que me faudra-t-il faire ?
– Presque rien, dit le chien : donner la chasse aux gens
Portant bâtons, et mendiant ;
Flatter ceux du logis, à son maître complaire :

Moyennant quoi votre salaire
Sera force reliefs de toutes les façons,
Os de poulets, os de pigeons,
Sans parler de mainte caresse. »
Le loup déjà se forge une félicité
Qui le fait pleurer de tendresse.
Chemin faisant, il vit le cou du chien pelé.
« Qu'est-ce là ? lui dit-il. – Rien. – Quoi ? rien ?
[– Peu de chose.
– Mais encor ? – Le collier dont je suis attaché
De ce que vous voyez est peut-être la cause.
– Attaché ? dit le loup. Vous ne courez donc pas
Où vous voulez ? – Pas toujours ; mais qu'importe ?
– Il importe si bien, que de tous vos repas
Je ne veux en aucune sorte,
Et ne voudrais pas même à ce prix un trésor. »
Cela dit, maître Loup s'enfuit, et court encor.

Le Petit Poisson et le Pêcheur

Petit poisson deviendra grand,
Pourvu que Dieu lui prête vie ;
Mais le lâcher en attendant,
Je tiens pour moi que c'est folie :
Car de le rattraper il n'est pas trop certain.

Un carpeau, qui n'était encore que fretin,
Fut pris par un pêcheur au bord d'une rivière.
« Tout fait nombre, dit l'homme en voyant son butin.
Voilà commencement de chère et de festin :
Mettons-le en notre gibecière. »
Le pauvre carpillon lui dit en sa manière :
« Que ferez-vous de moi ? Je ne saurais fournir
Au plus qu'une demi-bouchée.
Laissez-moi carpe devenir :
Je serai par vous repêchée ;
Quelque gros partisan m'achètera bien cher :
Au lieu qu'il vous en faut chercher
Peut-être encor cent de ma taille
Pour faire un plat : quel plat ? croyez-moi, rien qui vaille.

– Rien qui vaille ? Eh bien ! soit, repartit le pêcheur.
Poisson, mon bel ami, qui faites le prêcheur,
Vous irez dans la poêle ; et vous avez beau dire,
Dès ce soir on vous fera frire. »

Un Tiens vaut, ce dit-on, mieux que deux Tu l'auras :
L'un est sûr, l'autre ne l'est pas.

Le Renard et le Bouc

Capitaine Renard allait de compagnie
Avec son ami bouc des plus haut encornés.
Celui-ci ne voyait pas plus loin que son nez ;
L'autre était passé maître en fait de tromperie.
La soif les obligea de descendre en un puits.
Là, chacun d'eux se désaltère.
Après qu'abondamment tous deux en eurent pris,
Le renard dit au bouc : « Que ferons-nous, compère ?
Ce n'est pas tout de boire, il faut sortir d'ici.
Lève tes pieds en haut, et tes cornes aussi ;
Mets-les contre le mur : le long de ton échine
Je grimperai premièrement ;
Puis, sur tes cornes m'élevant,
À l'aide de cette machine,
De ce lieu-ci je sortirai,
Après quoi je t'en tirerai.
– Par ma barbe, dit l'autre, il est bon ; et je loue
Les gens bien sensés comme toi.
Je n'aurais jamais, quant à moi,
Trouvé ce secret, je l'avoue. »

Le renard sort du puits, laisse son compagnon,
Et vous lui fait un beau sermon
Pour l'exhorter à patience.
« Si le ciel t'eût, dit-il, donné par excellence
Autant de jugement que de barbe au menton,
Tu n'aurais pas, à la légère,
Descendu dans ce puits. Or, adieu ; j'en suis hors.
Tâche de t'en tirer, et fais tous tes efforts ;
Car, pour moi, j'ai certaine affaire
Qui ne me permet pas d'arrêter en chemin. »
En toute chose il faut considérer la fin.

Le Loup et la Cigogne

Les loups mangent gloutonnement.
Un loup donc étant de frairie
Se pressa, dit-on, tellement
Qu'il en pensa perdre la vie :
Un os lui demeura bien avant au gosier.
De bonheur pour ce loup, qui ne pouvait crier,
Près de là passe une cigogne.
Il lui fait signe ; elle accourt.
Voilà l'opératrice aussitôt en besogne.

Elle retira l'os ; puis, pour un si bon tour,
Elle demanda son salaire.
« Votre salaire ? dit le loup.
Vous riez, ma bonne commère !
Quoi ! ce n'est pas encor beaucoup
D'avoir de mon gosier retiré votre cou ?
Allez, vous êtes une ingrate :
Ne tombez jamais sous ma patte. »

Le Lion et le Moucheron

«Va-t'en, chétif insecte, excrément de la terre!»
C'est en ces mots que le lion
Parlait un jour au moucheron.
L'autre lui déclara la guerre :
«Penses-tu, lui dit-il, que ton titre de roi
Me fasse peur ni me soucie?
Un bœuf est plus puissant que toi;
Je le mène à ma fantaisie.»
À peine il achevait ces mots
Que lui-même il sonna la charge,
Fut le trompette et le héros.
Dans l'abord il se met au large;
Puis prend son temps, fond sur le cou
Du lion, qu'il rend presque fou.
Le quadrupède écume, et son œil étincelle;
Il rugit; on se cache, on tremble à l'environ;
Et cette alarme universelle
Est l'ouvrage d'un moucheron.
Un avorton de mouche en cent lieux le harcèle :
Tantôt pique l'échine, et tantôt le museau,
Tantôt entre au fond du naseau.
La rage alors se trouve à son faîte montée.

L'invisible ennemi triomphe, et rit de voir
Qu'il n'est griffe ni dent en la bête irritée
Qui de la mettre en sang ne fasse son devoir.
Le malheureux lion se déchire lui-même,
Fait résonner sa queue à l'entour de ses flancs,
Bat l'air, qui n'en peut mais ; et sa fureur extrême
Le fatigue, l'abat : le voilà sur les dents.
L'insecte du combat se retire avec gloire :
Comme il sonna la charge, il sonne la victoire,
Va partout l'annoncer, et rencontre en chemin
L'embuscade d'une araignée ;
Il y rencontre aussi sa fin.

Quelle chose par là nous peut être enseignée ?
J'en vois deux, dont l'une est qu'entre nos ennemis
Les plus à craindre sont souvent les plus petits ;
L'autre, qu'aux grands périls tel a pu se soustraire,
Qui périt pour la moindre affaire.

La Poule aux œufs d'or

L'avarice perd tout en voulant tout gagner.
Je ne veux, pour le témoigner,
Que celui dont la poule, à ce que dit la fable,
Pondait tous les jours un œuf d'or.
Il crut que dans son corps elle avait un trésor ;
Il la tua, l'ouvrit, et la trouva semblable
À celles dont les œufs ne lui rapportaient rien,
S'étant lui-même ôté le plus beau de son bien.
Belle leçon pour les gens chiches !
Pendant ces derniers temps, combien en a-t-on vus
Qui du soir au matin sont pauvres devenus,
Pour vouloir trop tôt être riches !

Le Chêne et le Roseau

Le chêne un jour dit au roseau :
« Vous avez bien sujet d'accuser la Nature ;
Un roitelet pour vous est un pesant fardeau ;
Le moindre vent qui d'aventure
Fait rider la face de l'eau,
Vous oblige à baisser la tête ;
Cependant que mon front au Caucase pareil,
Non content d'arrêter les rayons du soleil,
Brave l'effort de la tempête.
Tout vous est aquilon, tout me semble zéphyr.
Encor si vous naissiez à l'abri du feuillage
Dont je couvre le voisinage,
Vous n'auriez pas tant à souffrir :
Je vous défendrais de l'orage ;
Mais vous naissez le plus souvent
Sur les humides bords des royaumes du vent.
La Nature envers vous me semble bien injuste.

– Votre compassion, lui répondit l'arbuste,
Part d'un bon naturel ; mais quittez ce souci ;
Les vents me sont moins qu'à vous redoutables :
Je plie, et ne romps pas. Vous avez jusqu'ici
Contre leurs coups épouvantables
Résisté sans courber le dos ;
Mais attendons la fin. » Comme il disait ces mots,
Du bout de l'horizon accourt avec furie
Le plus terrible des enfants
Que le nord eût portés jusque-là dans ses flancs.
L'arbre tient bon ; le roseau plie.
Le vent redouble ses efforts,
Et fait si bien qu'il déracine
Celui de qui la tête au ciel était voisine,
Et dont les pieds touchaient à l'empire des morts.

Le Renard et les Raisins

Certain renard gascon, d'autres disent normand,
Mourant presque de faim, vit au haut d'une treille
Des raisins mûrs apparemment,
Et couverts d'une peau vermeille.
Le galant en eût fait volontiers un repas ;
Mais comme il n'y pouvait atteindre :
« Ils sont trop verts, dit-il, et bons pour des goujats. »

Fit-il pas mieux que de se plaindre ?

L'Âne et le Chien

Il se faut entraider ; c'est la loi de nature.
L'âne un jour pourtant s'en moqua ;
Et ne sais comme il y manqua,
Car il est bonne créature.
Il allait par pays, accompagné du chien,
Gravement, sans songer à rien ;
Tous deux suivis d'un commun maître.
Ce maître s'endormit. L'âne se mit à paître :
Il était alors dans un pré
Dont l'herbe était fort à son gré.
Point de chardons pourtant ;
[il s'en passa pour l'heure :
Il ne faut pas toujours être si délicat ;
Et, faute de servir ce plat,
Rarement un festin demeure.
Notre baudet s'en sut enfin
Passer pour cette fois. Le chien, mourant de faim,
Lui dit : « Cher compagnon, baisse-toi, je te prie :
Je prendrai mon dîner dans le panier au pain. »
Point de réponse, mot ; le roussin d'Arcadie
Craignit qu'en perdant un moment
Il ne perdît un coup de dent.

Il fit longtemps la sourde oreille ;
Enfin, il répondit : « Ami, je te conseille
D'attendre que ton maître ait fini son sommeil ;
Car il te donnera sans faute, à son réveil,
Ta portion accoutumée.
Il ne saurait tarder beaucoup. »
Sur ces entrefaites un loup
Sort du bois, et s'en vient : autre bête affamée.
L'âne appelle aussitôt le chien à son secours.
Le Chien ne bouge, et dit : « Ami, je te conseille
De fuir en attendant que ton maître s'éveille ;
Il ne saurait tarder ; détale vite, et cours.
Que si ce loup t'atteint, casse-lui la mâchoire :
On t'a ferré de neuf ; et, si tu me veux croire,
Tu l'étendras tout plat. » Pendant ce beau discours,
Seigneur loup étrangla le baudet sans remède.
Je conclus qu'il faut qu'on s'entraide.

Le Lion et le Rat

Il faut, autant qu'on peut, obliger tout le monde :
On a souvent besoin d'un plus petit que soi. [...]

Entre les pattes d'un lion
Un rat sortit de terre assez à l'étourdie.
Le roi des animaux, en cette occasion,
Montra ce qu'il était, et lui donna la vie.
Ce bienfait ne fut pas perdu.
Quelqu'un aurait-il jamais cru
Qu'un lion d'un rat eût affaire ?
Cependant il advint qu'au sortir des forêts
Ce lion fut pris dans des rets,
Dont ses rugissements ne le purent défaire.
Sire Rat accourut, et fit tant par ses dents
Qu'une maille rongée emporta tout l'ouvrage.
Patience et longueur de temps
Font plus que force ni que rage.

CROC
CROC

Le Coq et le Renard

Sur la branche d'un arbre était en sentinelle
Un vieux coq adroit et matois.
« Frère, dit un renard, adoucissant sa voix,
Nous ne sommes plus en querelle :
Paix générale cette fois.
Je viens te l'annoncer ; descends, que je t'embrasse.
Ne me retarde point, de grâce :
Je dois faire aujourd'hui vingt postes sans manquer.
Les tiens et toi pouvez vaquer
Sans nulle crainte à vos affaires ;
Nous vous y servirons en frères.
Faites-en les feux dès ce soir.
Et cependant viens recevoir
Le baiser d'amour fraternelle.

– Ami, reprit le coq, je ne pouvais jamais
Apprendre une plus douce et meilleure nouvelle
Que celle
De cette paix ;
Et ce m'est une double joie
De la tenir de toi. Je vois deux lévriers,
Qui, je m'assure, sont courriers
Que pour ce sujet on envoie ;
Ils vont vite, et seront dans un moment à nous.
Je descends : nous pourrons nous entre-baiser tous.
– Adieu, dit le renard ; ma traite est longue à faire :
Nous nous réjouirons du succès de l'affaire
Une autre fois. » Le galant aussitôt
Tire ses grègues, gagne au haut,
Mal content de son stratagème.
Et notre vieux coq en soi-même
Se mit à rire de sa peur ;
Car c'est double plaisir de tromper le trompeur.

Le Laboureur et ses Enfants

Travaillez, prenez de la peine :
C'est le fonds qui manque le moins.

Un riche laboureur, sentant sa mort prochaine,
Fit venir ses enfants, leur parla sans témoins.
« Gardez-vous, leur dit-il, de vendre l'héritage
Que nous ont laissé nos parents :
Un trésor est caché dedans.
Je ne sais pas l'endroit ; mais un peu de courage
Vous le fera trouver : vous en viendrez à bout.
Remuez votre champ dès qu'on aura fait l'août :
Creusez, fouillez, bêchez ; ne laissez nulle place
Où la main ne passe et repasse. »
Le père mort, les fils vous retournent le champ,
Deçà, delà, partout ; si bien qu'au bout de l'an
Il en rapporta davantage.
D'argent, point de caché. Mais le père fut sage
De leur montrer, avant sa mort,
Que le travail est un trésor.

Le Loup, la Chèvre et le Chevreau

La bique, allant remplir sa traînante mamelle,
Et paître l'herbe nouvelle,
Ferma sa porte au loquet,
Non sans dire à son biquet :
« Gardez-vous, sur votre vie,
D'ouvrir que l'on ne vous die,
Pour enseigne et mot du guet :
Foin du loup et de sa race ! »
Comme elle disait ces mots,
Le loup, de fortune, passe ;
Il les recueille à propos,
Et les garde en sa mémoire.
La bique, comme on peut croire,
N'avait pas vu le glouton.
Dès qu'il la voit partie, il contrefait son ton,
Et, d'une voix papelarde,
Il demande qu'on ouvre, en disant : « Foin du loup ! »
Et croyant entrer tout d'un coup.
Le biquet soupçonneux par la fente regarde :

« Montrez-moi patte blanche, ou je n'ouvrirai point »,
S'écria-t-il d'abord. Patte blanche est un point
Chez les loups, comme on sait, rarement en usage.
Celui-ci, fort surpris d'entendre ce langage,
Comme il était venu s'en retourna chez soi.
Où serait le biquet s'il eût ajouté foi
Au mot du guet que, de fortune,
Notre loup avait entendu ?

Deux sûretés valent mieux qu'une.
Et le trop en cela ne fut jamais perdu.

Le Vieux Chat et la Jeune Souris

Une jeune souris, de peu d'expérience,
Crut fléchir un vieux chat, implorant sa clémence,
Et payant de raisons le Raminagrobis :
« Laissez-moi vivre : une souris
De ma taille et de ma dépense
Est-elle à charge en ce logis ?
Affamerais-je, à votre avis,
L'hôte et l'hôtesse, et tout leur monde ?
D'un grain de blé je me nourris :
Une noix me rend toute ronde.
À présent je suis maigre ; attendez quelque temps :
Réservez ce repas à messieurs vos enfants. »
Ainsi parlait au chat la souris attrapée.
L'autre lui dit : « Tu t'es trompée :
Est-ce à moi que l'on tient de semblables discours ?
Tu gagnerais autant de parler à des sourds.
Chat, et vieux, pardonner ? cela n'arrive guère.
Selon ces lois, descends là-bas,
Meurs, et va-t'en, tout de ce pas,

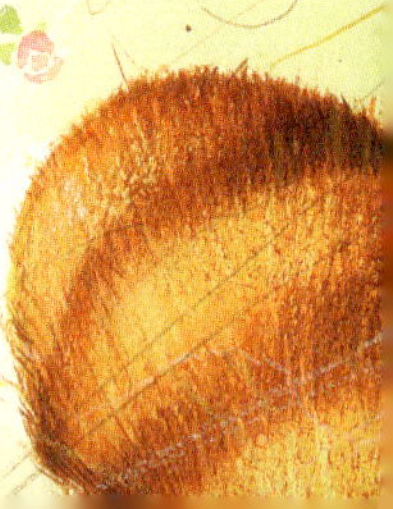

Haranguer les sœurs filandières :
Mes enfants trouveront assez d'autres repas. »
Il tint parole. Et pour ma fable
Voici le sens moral qui peut y convenir :
La jeunesse se flatte, et croit tout obtenir ;
La vieillesse est impitoyable.

Le Rat de ville et le Rat des champs

Autrefois le rat de ville
Invita le rat des champs,
D'une façon fort civile,
À des reliefs d'ortolans.

Sur un tapis de Turquie
Le couvert se trouva mis.
Je laisse à penser la vie
Que firent ces deux amis.

Le régal fut fort honnête :
Rien ne manquait au festin ;
Mais quelqu'un troubla la fête
Pendant qu'ils étaient en train.

À la porte de la salle
Ils entendirent du bruit :
Le rat de ville détale ;
Son camarade le suit.

Le bruit cesse, on se retire :
Rats en campagne aussitôt ;
Et le citadin de dire :
« Achevons tout notre rôt.

– C'est assez, dit le rustique ;
Demain vous viendrez chez moi.
Ce n'est pas que je me pique
De tous vos festins de roi ;

Mais rien ne vient m'interrompre :
Je mange tout à loisir.
Adieu donc. Fi du plaisir
Que la crainte peut corrompre ! »

Le Renard et la Cigogne

Compère le renard se mit un jour en frais,
Et retint à dîner commère la cigogne.
Le régal fut petit et sans beaucoup d'apprêts :
Le galant, pour toute besogne,
Avait un brouet clair ; il vivait chichement.
Ce brouet fut par lui servi sur une assiette :
La cigogne au long bec n'en put attraper miette ;
Et le drôle eut lapé le tout en un moment.

Pour se venger de cette tromperie,
À quelque temps de là, la cigogne le prie.
« Volontiers, lui dit-il, car avec mes amis
Je ne fais point cérémonie. »
À l'heure dite, il courut au logis
De la cigogne son hôtesse ;
Loua très fort la politesse ;
Trouva le dîner cuit à point :
Bon appétit surtout ; renards n'en manquent point.
Il se réjouissait à l'odeur de la viande
Mise en menus morceaux, et qu'il croyait friande.

On servit, pour l'embarrasser,
En un vase à long col et d'étroite embouchure.
Le bec de la cigogne y pouvait bien passer ;
Mais le museau du sire était d'autre mesure.
Il lui fallut à jeun retourner au logis,
Honteux comme un renard qu'une poule aurait pris,
Serrant la queue, et portant bas l'oreille.

Trompeurs, c'est pour vous que j'écris :
Attendez-vous à la pareille.

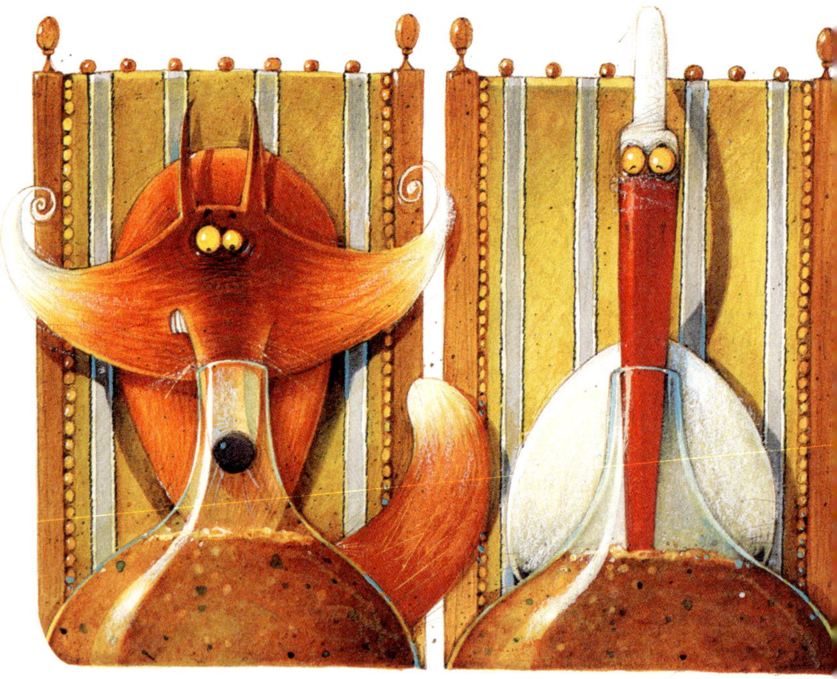

GRR

Table des matières

Retrouvez dans la même collection
Milan Poche Cadet +
la série des « Histoires minute »,
de Bernard Friot.

Temps de préparation : très rapide.
Recette : prenez (dans le désordre)
une chambre bien rangée, des gros mots,
un dragon, un ogre, une équipe de télévision,
un marin, des petits pois, une crotte de chien,
et puis aussi des rognons et du gras de jambon…
Mélangez le tout énergiquement.
Servez très relevé, accompagné de beaucoup d'amour,
de bonnes tranches de rigolade, d'un zeste de magie
et de beaucoup d'imagination.
Dégustez sans attendre.

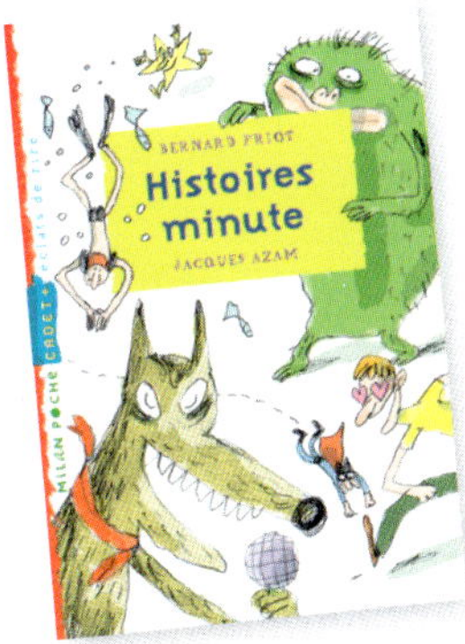

Histoires minute

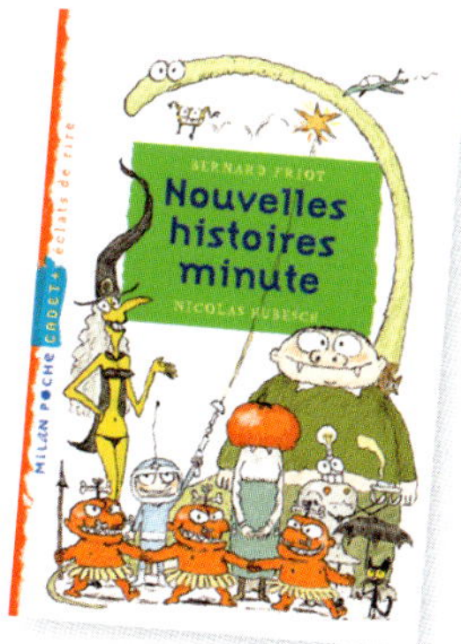

Nouvelles histoires minute

Encore des histoires minute

300, rue Léon-Joulin,
31101 Toulouse Cedex 9, France.
Loi 49-956 du 16 juillet 1949
sur les publications destinées à la jeunesse.
Dépôt légal : 3e trimestre 2008
ISBN : 978-2-7459-3302-7
www.editionsmilan.com
Maquette : Bruno Douin (couverture),
Catherine Duguet (intérieur)
Imprimé en France par Pollina, 85400 Luçon - n° L47975C